L'AMITIÉ,

RÊVERIES D'UN ÉCOLIER,

POÈME

PAR

Alphonse D.....

POÊME.

L'AMITIÉ,

RÊVERIES D'UN ÉCOLIER,

Poëme,

PAR

Alphonse D......

La source de mes chants est mon âme elle-même.
(L'Amitié.)

Quinze ans et l'espérance.
(Chanson flamande.)

LISIEUX,

IMPRIMERIE DE J. J. PIGEON,

Rue des Boucheries, 4.

—

1841.

L'AMITIÉ.

En sillonnant les flots, un vaisseau blanchit l'onde;
On entend un bruit sourd...: c'est la foudre qui gronde,
Les gouffres sont ouverts;
Et, s'efforçant en vain d'éviter le naufrage,
Le pilote ne peut, malgré son vieux courage,
Braver le dieu des mers.

C'est ainsi qu'entraîné vers un but que j'ignore,
Je sens qu'il est en moi de ce feu qui dévore
Et consume le cœur.
Je le sens, et bientôt, en me cherchant moi-même,
D'un pouvoir inconnu j'entends la voix suprême
Exciter mon ardeur.

De ces torrens de flamme où donc jaillit la source?
Phébus est moins ardent au milieu de sa course
Que n'est ce feu naissant.
Mais... quoi! le voyez-vous me présenter sa lyre,
Ce mortel...? non, ce dieu, car c'est lui qui m'inspire,
Et c'est un dieu puissant.

Sa chevelure flotte au caprice d'Eole;
Sa taille est imposante, et l'auguste auréole
Ceint son front radieux.
Mais il va préluder sur sa lyre immortelle;
Car des feux du génie une vive étincelle
A jailli de ses yeux.

A ces mâles accords, à ces flots d'harmonie,
Qui ne reconnaîtrait un sublime génie?
Apollon, oui tes chants
Sauraient fléchir les cœurs que la fureur enflamme,
Et ces accords divins devraient adoucir l'âme
Des farouches tyrans!

D'un geste souverain, à travers le nuage
Qui dérobe à mes yeux son auguste visage,
Il commande aux échos;
Celle qui fréquenta les rives du Céphise,
A la troupe fidèle à ses ordres soumise
Fait redire ces mots :

» Le feu que j'allumai dans ton âme inquiète,
» O mon fils! est celui qui fait prendre au poète
» Son essor vers les cieux;
» C'est lui qui, l'élevant au-dessus de la terre,
» Le rend, malgré l'envie et sa funeste guerre,
» Presque l'égal des dieux.

» O mon fils, tu n'as vu que quinze fois encore
» La terre se parer des doux présens que Flore
» Répand à pleines mains.
» Des tragiques accords évite la tristesse;
» Embellis, par tes chants amis de l'allégresse,
» Le séjour des Sylvains.

» Entraîné par ta Muse au milieu d'un bocage,
» Chante, au bord d'un ruisseau qui coule sous l'ombrage,
» Les plus doux sentimens;
» Ta lyre étant plus douce et ta voix plus touchante,
» Ceux d'entre les mortels dont l'âme est noble, aimante,
» Chériront tes accens. »

A nos yeux éblouis de sa rouge lumière,
Tel disparaît soudain, au bout de sa carrière,
L'astre brillant du jour;
Tel le divin Phébus, entouré d'une nue
Dont l'éclat transparent me fascinait la vue,
Retourna vers sa cour.

Que du haut du Parnasse, où s'élève ton trône,
Tu daignes m'accorder, divin fils de Latone,
Des regards protecteurs :
Ne bannis point mon nom de ton brillant empire;
Que des Muses je puisse imiter sur ma lyre
Les accords enchanteurs!

Et vous dont les écrits ont illustré la France,
Vous dont la noble voix excitait la vaillance
De nos braves guerriers;
Vous sans qui des héros aurait péri la gloire,
Qui chantiez leurs exploits, faisiez de la victoire
Reverdir les lauriers;

Poètes glorieux que l'univers admire,
Ah! que votre pitié pardonne à mon délire,
Du fond de vos tombeaux;
Car, lorsqu'une couronne est à peine formée,
La satire souvent, malgré la renommée,
En brise les rameaux.

Mais ma lyre ne peut allumer le courage :
Ses timides accords sur le champ du carnage
Seraient trop impuissans;
Elle ne peut fléchir les foudres de la guerre,
Et ne pourrait des cieux descendre sur la terre,
Pour se souiller de sang.

Je ne veux point tremper le fer dans l'Hippocrêne;
Oui, je te méconnais, farouche Melpomène;
Je cherche d'autres lois.
Le besoin de chanter, ce besoin, je l'éprouve,
Et je chante la paix que toujours on retrouve
Dans les champs, dans les bois.

Mon âme de quelqu'un voulait être comprise ;
Car ce rare bonheur, objet de convoitise,
Je le cherchais encor ;
Mais ton âme, Félix, sait comprendre la mienne :
Alors, vers le bonheur, sans que rien me retienne,
Je prends un libre essor.

De même qu'un amant cherche une fiancée,
Je cherchais un ami, rêve de ma pensée ;
Cet ami, c'était toi !
Car des indifférens quand la masse s'écoule,
Je t'entends crier seul au milieu de la foule :
Viens, cet ami, c'est moi !

Oh ! si, malgré l'ardeur de ce feu qui m'enflamme,
Ma Muse ne pouvait bien dépeindre mon âme,
Je demande pitié !
Mais de mes chants la source est mon âme elle-même,
Et je chante des Cieux le don le plus suprême,
En chantant l'Amitié.

1.

« Tel un dieu tend la main à l'homme qui soupire,
» Tel un nouveau printemps enfin daigne sourire
» Au monde consterné;
» Car il vient tout-à-coup ranimer la nature,
» En venant établir son trône de verdure,
» Son règne fortuné.

» Trop long-temps sur le monde a régné la tristesse;
» La terre se réveille, et ses chants d'allégresse
» Célèbrent le printemps;
» Car le gazon renaît du sein de la vallée
» Et des débris poudreux de ce beau mausolée
» Renversé par le temps. »

» Consolez-vous, mortels, car votre deuil expire;
» Eh! ne voyez-vous pas l'haleine du zéphyre
» Balancer les rameaux
» Du coudrier témoin des voluptés champêtres,
» Du chêne qu'honoraient nos crédules ancêtres,
» Et des larges ormeaux?

» Une vive lumière a brillé dans la voûte :
» C'est le char de Phébus qui commence sa route
» Et franchit l'horizon;
» Parées de tout l'éclat du plus beau météore,
» Partout je vois les pleurs qu'a répandues l'aurore
» Briller sur le gazon.

» O toi dont l'aigle seul, en planant dans la nue,
» D'un œil audacieux peut soutenir la vue,
Salut, astre du jour!
» Salut! car tu reviens éclairer nos collines,
» Et dorer les sommets des montagnes voisines :
» Salut à ton retour! »

Dans le vallon riant embelli par l'aurore,
Ainsi retentissait la voix douce d'Alvore,
Enfant déjà pasteur;
Il menait ses brebis dans un gras pâturage,
Et la troupe bêlante, en broutant le feuillage,
Suivait son conducteur.

Qu'il était beau l'enfant à la mâle figure!
Quand les vents agitaient sa noire chevelure,
Qu'alors il était beau!
Aussi, c'est qu'il était l'orgueil de ces montagnes,
La joie et l'ornement de ces belles campagnes,
La gloire du hameau!

Tous les jeunes bergers du plus voisin village
Venaient se réunir quelquefois sous l'ombrage,
Pour l'entendre chanter;
Ils étaient beaux à voir tous ces enfants folâtres!
Et lui, semblait un dieu parmi ces jeunes pâtres
Venus pour l'écouter.

Il possédait la paix que donne l'innocence;
Et le calme du cœur nourrit la confiance
Et fait naître l'espoir.
Mais parfois un beau jour est troublé par l'orage;
Sur les airs azurés souvent pèse un nuage,
Et le ciel devient noir.

Un bruit dans le vallon retentissait encore:
Ce bruit, c'était l'écho qui redisait d'Alvore
Les chants harmonieux;
Cependant la gaîté qui charmait sa jeunesse
Venait de faire place à la sombre tristesse
Sur son front soucieux.

« Tout au bout du vallon mugit une cascade;
» De sa chute le bruit, qui charme sa Naïade,
» Se fait entendre au loin;
» Là-bas, l'onde gémit, se soulève et bouillonne;
» Mais le fleuve aujourd'hui, le fleuve n'a personne,
» Personne pour témoin!

» Oh! pourquoi n'es-tu pas aujourd'hui sur la rive?
» Esmare, ô mon Esmare! entends la voix plaintive
» D'Alvore qui gémit!
» Et cependant ta voix si douce et tant chérie
» Prononçait tous les jours, dans l'aimable prairie,
» Le nom de ton ami...!

» Ah! rougirais-tu donc de m'appeler ton frère?
» Non, tu ne le dois pas; non, car ta tendre mère
» Nous a bénis tous deux;
» Et puis elle m'a dit, à l'ombre du platane
» Dont le branchage épais couvre votre cabane :
« Il t'aime, sois heureux! »

Du plus jeune zéphyr la caressante haleine
Se joue avec sa voix qui se perd dans la plaine;
Un silence de mort
Quelques instans après règne dans la nature,
Et le pâtre, couché sur un lit de verdure,
Désespère et s'endort.

Tandis que le sommeil le tient sous sa puissance,
Un enfant apparaît, regarde, puis s'avance
Vers Alvore endormi :
Ce gracieux enfant, sans doute c'est Esmare,
Ce pâtre qui possède un bien suprême et rare
Un véritable ami!!..

Foulant d'un pied léger l'herbe verte et fleurie,
Il s'approche d'Alvore et doucement s'écrie :
« Frère, reveille-toi! »
Alvore tout-à-coup tressaille et se réveille :
« Esmare! c'est ta voix qui frappe mon oreille,
» Ah! n'aimes-tu que moi?

— » Douter de mon amour, c'est me faire une injure
» Et nul autre que toi, nul autre, je le jure,
» Ne possède mon cœur! »
Cet enfant paraissait en proie à la souffrance,
Mais l'amitié souvent sait calmer dans l'enfance
La plus vive douleur.

— Qu'ai-je dit? Oui, je crois ton amitié sincère,
Le doute est un blasphême, ô mon ami, mon frère,
Esmare, mon amour!
Cependant pour venir auprès de ton Alvore,
Jamais tu n'attendais que la naissante aurore
Ait annoncé le jour?

Mais le sensible Esmare alors verse des larmes,
Et ce jeune berger, cet enfant plein de charmes,
Reste silencieux;
Il repose son front sur l'épaule d'Alvore,
Cueille sans y penser la fleur qui vient d'éclore
Et regarde les Cieux.

— Frère, tu possédais une mère chérie,
Mais hélas! jeune encore, elle te fut ravie
Par un cruel destin;
Et dès les premiers jours de ta pénible enfance
Dans un triste abandon tu connus la souffrance
Car tu fus orphelin!

Frère, si de la tombe écartant la poussière,
Elle pouvait revoir aujourd'hui la lumière
Et quitter son tombeau,
Les soins les plus touchans, tu voudrais les lui rendre,
Car tu l'aimerais tant! Elle qui, bonne et tendre,
Veilla sur ton berçeau!

— Oh! oui, je l'aimerais! si quittant sa demeure,
Par un bienfait des Cieux ma mère que je pleure,
Sortait de son cerceuil!
Oh! oui, je l'aimerais! et protégé par elle,
Ah! je serais heureux! ma légère nacelle
Ne craindrait plus d'écueil.

— Toi qui comprends si bien que, quand la maladie
D'un objet bien-aimé vient menacer la vie,
L'on peut verser des pleurs,
Tu me pardonneras si dans notre chaumière
Je suis resté long-temps, car je soignais ma mère
Et calmais ses douleurs.

— Ah! je reconnais là ton âme douce et belle!
Mais si ta mère souffre, ami, volons vers elle,
Lui prêter notre appui.
— Oui, nous allons partir, Alvore, car ma mère
M'a dit : ô cher enfant, quitte notre chaumière,
Ramène ton ami.

Elle allait dire encor, mais d'abondantes larmes,
Trahissant de son cœur les secrètes alarmes
Voilaient alors ses yeux.
Ce spectacle touchant, qui pourra le depeindre?
Qui dira ce regard qui semblait sans rien craindre
Interroger les cieux?

Moi, je pleurais tout bas, bien près, oh! bien près d'elle:
Enfant, m'a-t-elle dit d'une voix solennelle,
Enfant, je vais mourir.
Avant que dans les Cieux mon âme ne s'envole,
Un espoir enchanteur, espoir qui me console,
Rappelle un souvenir.

Un sommeil éternel va clore mes paupières,
Enfant, rappelle-toi mes paroles dernières
Garde les dans ton cœur;
Puisse-tu, cher enfant, puisse-tu me comprendre,
Avant de te quitter, ta mère veut t'apprendre
La source du bonheur.

C'était un soir, à l'heure où le frais crépuscule
Tempère enfin les feux de l'âpre canicule,
Où soufflent les zéphyrs;
Je revenais des champs, et tranquille et joyeuse,
Au logis paternel, où je vivais heureuse,
Exempte de désirs.

J'admirais la nature élégante et champêtre,
Quand soudain j'entendis, sous l'ombrage d'un hêtre,
Etouffer des sanglots;
Alors, je tressaillis; puis une voix plaintive,
Bannissant la terreur de mon âme craintive,
Fit entendre ces mots :

La nuit va déployer bientôt ses voiles sombres,
Aux feux brillans du jour vont succéder les ombres;
Pour la dernière fois
Les sons du chalumeau font retentir la plaine,
Et pour ravir l'agneau que le berger ramène
Le loup quitte les bois.

A peine as-tu montré ta figure argentée,
O Phébé, que déjà tu fuis épouvantée
En invoquant les Dieux.
Tu redoutes l'aspect de ce génie horrible,
Qui s'avance soudain, menaçant et terrible
Dans la voûte des Cieux.

Tu voiles ta clarté par de sombres nuages,
Phébé, car ce génie est celui des orages!
Et tel, un meurtrier
Choisit l'obscurité pour frapper sa victime,
Tel, ennemi du jour et protecteur du crime
Est ce génie altier.

Sur les ailes des vents approche la tempête,
Dans sa marche superbe, il n'est rien qui l'arrête;
Elle franchit les monts.
L'Eternel a-t-il dit : que les vents et que l'onde,
A ma voix de nouveau bouleversent le monde,
Inondent les vallons?

Il arrive parfois qu'à l'homme trop avide,
Un Dieu juste et prudent veut que la terre aride
Refuse ses trésors;
Mais ne se lassant pas de pousser la charrue,
Enfin l'homme triomphe et la terre vaincue
Se rend à ses efforts.

Mais, si le laboureur accablé de misère,
Est contraint par le sort de tracer sur la terre
De pénibles sillons;
Si, pour alimenter les habitans des villes,
De l'astre dont les feux brûlent ses champs fertiles,
Il brave les rayons.

Quand l'astre du jour fuit de la voûte azurée,
Au moins, il vient auprès d'une femme adorée
Oublier tous ses maux,
Et recevoir l'amour d'une heureuse famille,
Les caresses d'un fils, les baisers d'une fille,
Pour prix de ses travaux.

Mais moi, j'ai tout perdu, les caresses d'un père,
Et les baisers brûlans dont m'enivrait ma mère!
Pour moi plus de bonheur,
Plus de cet amour pur qui brille et nous enflamme,
Et qui, source limpide, a jailli dans mon âme
Du sein du créateur!

Le berger qui descend du haut de la colline,
Gagne avec son troupeau la cabane voisine
Et sourit de plaisir.
Ah! c'est qu'ivre d'amour, son âme est embrasée!
Il croit que le bonheur, près d'une fiancée,
Ne peut jamais finir!

Le bonheur! c'est l'éclair qui brille dans la nue!
C'est le flot qui paraît, puis échappe à la vue;
C'est un faible rameau;
Le bonheur! mais, as-tu calculé sa durée?
Peut-être que demain la vierge adorée
N'aura plus qu'un tombeau.

Là-bas, la foudre gronde, ô joyeuse fauvette,
Là-bas, l'eau s'amoncèle, ah! cherche une retraite,
Rentre dans les buissons;
Mélodieux oiseaux, ah! redoutez l'orage,
Qu'un hêtre protecteur vous prête son feuillage,
Suspendez vos chansons.

Et même le hibou, l'effroi de la nature,
Le sinistre hibou, dans sa vieille masure
Possède un abri sûr;
Et cet oiseau timide annonçant la tempête,
Pousse un lugubre cri, puis il cache sa tête
Dans son reduit obscur.

O grand Dieu, dois-je donc seule être sans asile?
Mais hélas! je le vois, ma plainte est inutile,
Déjà je dois mourir;
Mourir! et cependant... je suis bien jeune encore...
Mais, pourquoi des regrets? la fleur qni vient d'éclore,
Peut aussi se flétrir.

O mon Dieu, dans ton sein reçois la jeune fille :
La mort a moissonné ses amis, sa famille,
O mon Dieu, reçois-là :
Le trépas me sourit, car je fus toujours pure,
Et mon âme est paisible... aucune flamme impure
Jamais ne la souilla.

De mes fautes, ô Dieu, daigne laver le reste,
Pour que je sois mêlée à la troupe céleste
Des brûlans séraphins;
Puissant maître des Cieux, épure ma pensée,
Que je sente couler dans mon âme embrâsée
L'amour des Chérubins.

Dans cet heureux séjour, point de vicissitude,
Point de soucis rongeurs, de sombre inquiétude;
Un amour éternel
Enflammera mon cœur dans un tendre délire;
Je chanterai ton nom sur la harpe et la lyre
Des filles d'Israël.

Vais-je enfin arriver au but de mon voyage,
Et briser les liens du funeste esclavage
Qui m'attache à ces lieux?
Seigneur, je t'en conjure, exauce ma prière,
Que je ne tarde pas à rejoindre ma mère
Qui m'attend dans les cieux.

Avant qu'elle ne fût ravie à ma tendresse,
Son amour ici-bas dirigeait ma jeunesse
Au chemin du bonheur;
Mais hélas! dans la tombe, elle s'est endormie,
Maintenant sur la terre, ah! quelle voix amie
Peut parler à mon cœur?

Sous le joug du malheur, oui je suis accablée,
Pourtant, qui des regrets d'une âme inconsolée
Se laissera toucher?
Les larmes dont j'arrose une urne cinéraire,
O Dieu, qui des mortels, victime volontaire,
Qui voudra les sécher?

— Moi! m'écriai-je alors, et la fleur nuancée,
Sentit tomber des pleurs, trop brûlante rosée
Dans son calice d'or.
— Moi! qui si je ne puis remplacer une mère,
Veux te dire du moins : ouvre ton cœur, espère,
Car tu peux vivre encore.

Alors je m'approchai de la pauvre orpheline,
Et j'entendis d'abord sa brûlante poitrine,
Exhaler un soupir :
« Merci, qui que tu sois, merci, s'écria-t-elle;
» Mais vainement tu viens, ange ou simple mortelle,
» Me parler d'avenir.

— Espére, car le Dieu par qui coulent les heures,
Ce Dieu que tu priais ne veut pas que tu meures
Avant d'avoir vécu :
Il te faut de l'amour? et déjà moi je t'aime :
Goûte de l'amitié la volupté suprême;
Le malheur est vaincu.

Sous un toît protecteur hâtons-nous de nous rendre,
Car le ciel est bien noir et puis je viens d'entendre
Le tonnerre gronder;
De t'avoir pour amie, ah! que je suis heureuse!
— Ton amour? Dois-je donc, ô fille généreuse,
Dois-je le posséder?

— Oui je t'aime et je veux adoucir la souffrance,
Dont le poids pèse tant sur ta faible existence
Et qui gonfle ton sein.
Que faisais-tu les jours? Ce que font les colombes!
Que faisais-tu les nuits? Je pleurais sur deux tombes,
Et je pleurais en vain!

Enfant, que te dirai-je? Elle entendit l'orage,
Mais devant le foyer, elle bravait la rage
Et la fureur des vents.
Apprends donc... mais avant, quitte notre chaumière,
Va, vole, vers celui que tu nommes ton frère,
Dis-lui que je l'attends.

Frère, et je suis venu. Mais retournons près d'elle,
A son lit de souffrance, Alvore, elle t'appelle,
Viens, nous allons courir.
Oh! j'ai peur, j'ai bien peur... tu le sais cher Alvore,
Il n'y a qu'un moment elle m'a dit encore :
Enfant, je vais mourir!...

Oh ! qu'il est beau de voir descendre la montagne,
Ces deux jeunes enfans que l'amour accompagne,
Se tenant embrassés
Comme deux arbrisseaux qui sous le même ombrage,
Croissent ensemble et sont, unissant leur feuillage,
L'un à l'autre enlacés!

Felix, et nous aussi comme ces jeunes plantes
Qui n'ont d'autre soutien de leurs tiges tremblantes
Qu'un mutuel secours;
Qui croissent sur les bords d'une fontaine claire,
Ou d'un ruisseau mutin dont l'onde salutaire
Les rafraîchit toujours.

Nous grandissions heureux et riches d'espérance,
Car l'amitié sur nous exerçait sa puissance
Et moi je t'aimais tant!
Nous grandissions heureux, mais il fut éphemère
Ce bonheur qui passa comme une ombre légère
Qu'on ne voit qu'un instant.

De l'amitié la source est-elle donc tarie?
La plante jeune encor serait-elle flêtrie?
Et la timide fleur
Que naguère on voyait briller dans la vallée,
Hélas! dès le matin est-elle donc brûlée
Par l'ardente chaleur?

Non, mais te dirigeant vers un autre rivage,
Tu vis devant tes yeux fuir notre douce plage,
Et moi je suis resté!
Et je languis en proie aux douleurs de l'absence!
Oh! puissé-je, Félix, retrouver l'espérance
Dans ta fidélité!

Oh! toujours aimons-nous: Félix, que l'espérance
Vienne de notre exil adoucir la souffrance;
Pensons à l'avenir!
Ou bien, ne donnant pas l'essor à la pensée,
Rappelons seulement une époque passée,
Vivons de souvenir.

Enfans, si parmi vous il en est un qui souffre,
Qui craigne sous ses pas de rencontrer un gouffre ;
Un qui soit malheureux ;
Un qui ne goûte pas les plaisirs de l'enfance,
Un qui ne sache pas sourire à l'espérance,
D'un ciel moins nébuleux ;

S'ils en est un surtout, et je crains de le dire,
Qu'un désir insensé secrètement déchire,
Un dont la vanité
Entretienne le cœur de l'idée illusoire
Que pour tous est ouvert le chemin de la gloire,
De l'immortalité ;

S'il en est un que brûle une flamme invisible,
Enfans, que celui-là ne soit pas insensible...
Qu'il écoute la voix
D'un ami qui console et fasse aimer la vie,
De la douce amitié que son âme attendrie
Connaisse enfin les lois.

Oui l'espoir nous fait vivre et l'amitié console!
Esmare de l'amour d'Alvore, son idole,
Subissait le pouvoir;
A la voix d'un ami tendre, empressé, sincère,
L'enfant que menaçait la perte d'une mère
Sentait naître l'espoir!

Mais ils sont arrivés. — Et la pauvre mourante
Sur son lit se soulève et d'une voix tremblante :
« Venez, ô mes enfans!
» Venez près de ce lit que j'arrose de larmes,
» Venez, vous qui deviez par vos grâces, vos charmes,
» Embellir mes vieux ans :

» Alvore, cette femme et si bonne et si belle,
» Dont je gagnai l'amour en pleurant avec elle,
» Tu voudrais la chérir
» Si la mort ne l'eût point enlevée à la terre,
» Oui, tu voudrais l'aimer, car elle fut ta mère,
» Garde son souvenir! »

Elle dit : et bientot, oubliant sa pensée,
Elle exhale un soupir, et sa tête épuisée
Tombe sur son chevet :
Déjà pâle, son front devient plus pâle encore.
La fleur, quand elle a vu naître plus d'une aurore,
Pâlit dans le bosquet.

C'en est fait, le trépas à sa couche préside,
La sueur a roulé sur sa face livide,
Froide comme l'airain.
La lutte de la mort avec un peu de vie,
Fait alors palpiter sa poitrine amaigrie
Et soulever son sein.

L'astre du jour brillait sur un autre hémisphère.
Une lampe éclairait la modeste chaumière,
Asile des vertus.
Sa tremblante clarté paraissait incertaine
Et sur les murs noircis ne jetait qu'avec peine
Des rayons superflus.

Oh! qu'il était touchant le tableau d'une mère
Dans les bras de la mort, et laissant sur la terre
Deux enfans désolés ;
Deux enfans qui pleuraient près d'un lit de souffrance,
Deux enfans qui des cieux invoquaient la puissance,
Tous deux agenouillés.

« O mes enfans, leur dit la malheureuse femme,
» Aimez-vous et longtemps et de toute votre âme,
» Soyez toujours unis...
» Ah! faut-il donc ainsi quitter tout ce qu'on aime?
» O mes enfans, adieu, voici l'instant suprême,
» Adieu je vous bénis.

» Cultivez l'amitié, car sa source est divine;
» Je trouvai le bonheur en aimant l'orpheline..... »
Elle dit et se tut.
Et l'on n'entendit plus que ces mots : « Mon amie...
» Esmare... Alvore... Adieu... le Ciel... Ah! Lycinie... »
Et puis elle mourut!.....

Les Anges, descendus des voûtes éthérées,
Retournaient, fendant l'air de leurs ailes dorées,
Vers le céleste lieu.
De leur Maître ils chantaient les sublimes louanges;
L'âme qu'ils apportaient passa des mains des Anges
Dans le sein de son Dieu.

2.

Le règne de l'hiver attristait la nature ;
Le fougueux aquilon, la pluie et la froidure
Remplaçaient les beaux jours ;
Et vainement l'oiseau recherchait le feuillage,
Et l'on n'entendait plus son gracieux ramage,
Prélude des amours.

Les bois et les coteaux et les belles prairies
Etaient tristes alors, et les plaines blanchies
De neige et de frimats.
Adieu vos ris, vos jeux, ô folâtre jeunesse!
Et vos si doux plaisirs, et vos chants d'allégresse,
Et vos joyeux ébats!

La fleur s'était flétrie avant d'être penchée,
Puis elle avait courbé sa tige desséchée,
Et la fleur n'était plus.
C'est ainsi que tout passe ; ainsi passe la vie :
On veut la rappeler, elle est déja partie ;
Les soins sont superflus.

Une modeste croix sur la terre placée
Annonçait qu'une fosse avait été creusée;
Il y en avait deux.
Et l'on voyait écrit : *Un fils*, sur la première;
Sur la seconde croix on lisait : *et sa mère;*
Passans, priez pour eux.

Près de la double tombe un enfant jeune encore
Pleurait, triste et rêveur : c'était le doux Alvore.
Fidèle et noble enfant!
Il sanglottait bien fort, il appelait son frère;
Les pieds nus, il était à genoux sur la terre;
Il faisait froid pourtant.

« Indomptable aquilon qui souffles dans la plaine,
» Réponds : est-ce donc toi qui de ta froide haleine
» As terni mon bonheur?
» Je ne sais, mais pourtant, quand soufflait le zéphyre,
» J'étais heureux. L'espoir pouvait encor sourire
» A mon sensible cœur.

» Oh! non, plus de bonheur! oh! non, plus d'espérance!
» Non, car j'ai vu tomber la vieillesse et l'enfance
» Sous la faulx du trépas!
» Ah! je t'ai vu t'éteindre, et je puis vivre encore!
» Esmare, tu m'as dit : Au revoir, cher Alvore!
» Et je ne te suis pas!

» Tu ne pouvais plus vivre après l'avoir perdue,
» Cette mère chérie au tombeau descendue.....
» Tel on voit un rameau
» Incliner lentement sa tige languissante,
» Telle, je vis, hélas! ta tête chancelante
» Pencher vers le tombeau!

» Par un froid rigoureux la terre était durcie,
» Et pourtant tout-à-coup elle s'est amollie
» En recevant tes pleurs;
» Puis tu devins sa proie, à peine en ta jeunesse :
» J'ai senti, pour juger l'excès de ma tendresse,
» L'excès de mes douleurs!

» Dieu, qui dans tes arrêts te montres si sévère,
» Si tu pus séparer Esmare de son frère,
» Si d'un autre séjour
» Tu pus lui procurer la douce jouissance,
» Pourrais-tu bien, grand Dieu! par ta haute puissance,
» Le rendre à mon amour?

» Adieu ma douce joie, adieu mes bergeries;
» Je veux sur vos tombeaux, je veux, ombres chéries,
» Faire éclore des fleurs;
» Mais moi, n'irai-je point dans le sein de la terre?
» Oh! oui, j'irai bientôt; car tu m'as appris, frère,
» Qu'on succombe aux douleurs!

» Quand tu voyais le soir se grossir un nuage,
» Tu me disais : Alvore, ah! qu'importe l'orage?
» Nous sommes là tous deux!
» Que j'étais fier alors! je bravais la tempête,
» Et puis sur mes genoux, toi tu couchais ta tête,
» Je baisais tes cheveux.

» Quand je n'ai plus senti glisser ta douce haleine,
» Mon bonheur a passé. J'ai voulu de ta peine
» Adoucir les rigueurs;
» Mais des Cieux tu montrais les voûtes étrangères
» En me disant : je vais là haut avec nos mères,
» Ami, sèche tes pleurs.

» Et c'est en vain, mon Dieu, que je t'ai crié : grâce!
» Car une voix a dit : il faut que chacun passe,
» Le vieillard et l'enfant! »
Mais bientôt s'épuisa le trop sensible Alvore.
Il tomba sur la terre et je le dis encore :
Il faisait froid pourtant!

3.

Depuis, avaient passé beaucoup, beaucoup d'années!
Et c'était vers le soir d'une de ces journées,
Si douces de bonheur;
Oui bien douces, car l'âme alors n'est pas muette,
L'admirable nature inspire le poète,
Elle parle à son cœur.

L'automne avait muri les doux fruits de la vigne :
A ce temps, de Bachus élève toujours digne,
L'avide vendangeur
Du Dieu qui l'enrichit célèbre les louanges
Et s'écrie : A celui qui préside aux vendanges,
Amis, honneur! honneur!

Au loin on entendait les doux accents du pâtre;
Plus près, les chants joyeux d'une troupe folâtre
Descendant le coteau;
C'étaient des jeunes gens, c'étaient des jeunes filles,
C'était le seul espoir, le seul bien des familles
Qui peuplaient ce hameau.

Cet essaim, plus nombreux que les essaims d'abeilles,
Courait en folâtrant et portait des corbeilles
De raisins et de fleurs;
« Mes sœurs, arrêtons-nous, car voici l'ermitage, »
Dit une jeune fille, « ah! voyez sous l'ombrage
» Le solitaire en pleurs.

— » C'est qu'il pleure toujours, » dit une des compagnes,
— « Non, » répondit alors un enfant des montagnes,
« Il chante quelquefois.
— » Bon ermite, » cria la belle vendangeuse,
« Ermite! sa figure est encore sérieuse,
» Il est sourd à ma voix! »

Le solitaire enfin quitta ses rêveries :
« Recevez, dit l'un d'eux, les fleurs de nos prairies,
» Et les fruits du coteau.
» Mais qu'une histoire aussi, soit notre récompense :
» Dites-nous, bon vieillard, celle de votre enfance,
» Ou celle du tombeau.

— » Merci pour vos présens! Qu'un jour Dieu vous les rende!
» O mes enfans, merci : Que le Ciel vous entende,
» Et vous serez heureux;
» Car le front de celui qui, pauvre, au pauvre donne,
» Le front de celui là d'une double couronne
» Sera ceint dans les Cieux.

» Pénibles souvenirs qu'évoque ma mémoire!
» L'histoire de la tombe, amis, c'est mon histoire...,
» Ecoutez-la donc bien. »
Puis il les entraîna vers son humble ermitage,
Et lorsque chacun d'eux eut quitté le bocage,
On n'entendit plus rien.

De sa course Phébé franchissait la limite,
Quand soudain reparut le respectable ermite
Suivi des vendangeurs;
Mais, ils avaient cessé leurs doux chants d'allégresse,
Et chaque jeune fille, en proie à la tristesse,
Laissait couler des pleurs.

Puis montrant un tombeau couronné de feuillage :
« Hélas! contre un cercueil s'est brisé mon courage, »
Dit le pauvre vieillard;
« Et maintenant encor de mes larmes j'arrose
» Cet humble monument sous lequel il repose,
» Et je prie à l'écart.

» Oui, je gémis toujours, oui je le pleure encore :
» Car c'est moi, mes enfans, c'est moi qui suis Alvore..,
» Enlacez des festons.
» A lui plutôt qu'à moi présentez vos offrandes,
» Bientôt sur son tombeau vous verrez ces guirlandes
» Pousser des rejetons.

» J'ai toujours protégé le cercueil de mon frère,
» Et j'ai toujours veillé sur celui de sa mère...
» Ici me frappera
» La mort que j'ai jadis tant de fois appelée,
» La mort qui, par ma cendre à sa cendre mêlée,
» Tous deux nous unira !

» Au Dieu bon je dirais : ah ! n'ouvre pas la tombe;
» Non! non! ne permets pas, mon Dieu, que je succombe!
» S'il respirait encor.
» Il n'est plus, et je dis : ordonne que je meure,
» Ordonne, et vers les Cieux, maintenant sa demeure,
» je vais prendre l'essor.

» Vous pleurez, mes enfans? séchez, séchez vos larmes,
» Je le jure, pour moi le trépas a des charmes,
» Ne plaignez pas mon sort !
» Mourir ! mais c'est rejoindre Esmare qui m'appelle !
» Mourir ! c'est vivre ensemble une vie éternelle !
» Et je craindrais la mort?

» Bons jeunes-gens, adieu, Moi, je vous remercie ;
» Chacun de vous a fait à son ombre chérie
» Hommage d'une fleur ;
» Adieu ! mais, écoutez l'avis de la vieillesse :
» Ce n'est que l'amitié, ce n'est que la tendresse
» Qui donne le bonheur !

Alors le bon vieillard rentrà dans sa chaumière,
Phébé, cette nuit-là, prodiguait sa lumière;
Et chaque vendangeur
Partit en redisant, plein d'une douce ivresse :
Ce n'est que l'amitié, ce n'est que la tendresse
Qui donne le bonheur!

Et moi, je dis : Aimez, aimez autant qu'Alvore;
L'amitié dans l'enfance est la brillante aurore
Qui précède un beau jour!
Pour moi, c'est l'amitié qui fait vibrer ma lyre;
C'est ce feu qui m'enflamme et c'est lui qui m'inspire
Mes humbles chants d'amour!...

Oh! si malgré l'ardeur de ce feu qui m'enflamme,
Ma Muse n'avait pu bien dépeindre mon âme,
Je demande pitié!
Mais de mes chants la source est mon âme elle-même,
Et j'ai chanté des Cieux le don le plus suprême,
En chantant l'amitié.

FIN.

www.ingramcontent.com/pod-product-compliance
Ingram Content Group UK Ltd.
Pitfield, Milton Keynes, MK11 3LW, UK
UKHW020453230726
13925UKWH00005B/1916

9 782014 037319